NICOLAS ROCH

Exécuteur des Arrêts criminels

DU

CONTINENT FRANÇAIS

PARIS

ARMAND LÉON	ARTHUR LÉVY
21, rue du Croissant, 21	7, rue Rochechouart, 7

LIBRAIRES-ÉDITEURS

—

1873

AU LECTEUR

Dans ces derniers temps et encore aujourd'hui, la personnalité redoutable de l'exécuteur des arrêtés criminels, se trouve singulièrement prise à partie. Il ne se passe pas de jours, sans que les feuilles les mieux autorisées et qui affectent une rédaction sérieuse, ne s'amusent à consacrer quelques lignes purement fantaisistes sur ce personnage qui n'en peut mais....

Possédant depuis longtemps des notes biographiques de la plus rigoureuse exactitude sur les services administratifs de ce singulier émargeur du budget, nous avons le triste courage de les publier, sans autre prétention que d'établir la vérité au détriment du merveilleux légendaire dont certains reporters à court de copie ont bien voulu l'entourer.

LÉOPOLD LAURENS.

NICOLAS ROCH

EXÉCUTEUR DES ARRÊTS CRIMINELS

DU

CONTINENT FRANÇAIS

————

— Nous étions au commencement du mois de janvier 1870. — Un procès criminel venait de se terminer, frappant de la peine de mort un héros du crime qui, pendant de longs mois, avait été le sujet passionné des conversations, non-seulement de la France, mais du monde entier.

Troppmann, le sanglant et noctambule terrassier de la plaine de Pantin, n'avait plus que quelques jours à vivre, pour arriver à celui de la suprême expiation. Aussi, chacun s'apprêtait à aller sur la place de la Roquette pour y voir se dérouler le dernier tableau de ce drame, qui avait commencé par le massacre d'une famille entière.

Par devoir, je m'étais ménagé de *bienveillantes intelligence* dans le personnel de l'exécuteur, et quand de ce côté je fus assuré du succès, le désir toujours d'accomplir mon devoir, me fit commettre une tentative indiscrète qui ne devait me donner pour résultat que déceptions, mais qui contrairement à mes prévisions, réussit à merveille.

Une visite personnelle à Heinderech, le bourreau de Paris.

C'était le 14 janvier 1870.

Ce terrible fonctionnaire habitait le boulevard Beaumarchais, n° 88.

Aussitôt que je lui fus annoncé, il me fit entrer dans son cabinet de travail et sans préambule aucun, il me dit:

— Vous voulez être des nôtres, n'est-ce pas, le jour où Troppmann me sera livré ?

— Mon Dieu, oui, répondis-je, si toutefois vous n'y voyez pas d'empêchement.

— Eh bien, je consens à satisfaire votre désir, mais à une condition : c'est que vous ne commettrez, vous ne direz et ne raconterez que ce que je vous autoriserai de raconter ou de dire. J'ai dû mettre poliment à la porte ce petit *fouinard de Nazet*, parce qu'il ne tenait aucun compte de mes recommandations. Vous êtes prévenu.

Je promis, et bientôt nous étions lancés dans une conversation des plus intéressantes.

— Voulez-vous commencer votre travail de reporter aujourd'hui même? Si oui, venez avec moi, et je vais vous conduire à mon magasin, car mes hommes doivent s'y trouver en train de mettre les charpentes en état, en prévision de l'exécution Troppmann.

Nous partîmes.

Après avoir gagné le boulevard du Prince-Eugène et l'avoir un peu remonté, nous atteignîmes la rue de la Roquette, puis celle de la Folie-Regnault.

C'est dans cette rue et vers le milieu, entre le passage de la Folie-Regnault et l'impasse Launay, que se détache, séparée de toute autre habitation, une maison sans numéro, de construction bizarre, à l'aspect triste et désolé.

Quatre murailles auxquelles l'action du vent et de la pluie a imprimé une sorte de pâleur livide, un toit rouge et quelque peu dégradé, un grand ovale ouvrant sur la rue, comme un œil béant et fixe, qui se détache dans le haut et sous l'auvent de la toiture.

C'est tout.

Arrêtés devant cette habitation à l'aspect sinistre, Heinderech me dit :

— Nous voici arrivés.

Avant de pénétrer dans cette maison, mes regards se portèrent instinctivement à droite, à gauche, derrière et devant moi, je ne vis personne ; je prêtai l'oreille, je n'entendis rien.

Partout et de tous côtés, des terrains vagues où se trouvent établis des chantiers de pierres tumulaires. A deux pas, un cabaret ; plus loin, des garnis d'ouvriers ; et plus loin encore sur les hauteurs, les mélèzes et les cyprès de la vaste nécropole du Père-Lachaise.

Sur un des côtés de ce bâtiment, est pratiquée une porte à claire-voie, donnant accès dans une cour peu spacieuse, et qui contourne la construction. C'est par cette porte qu'Heinderech m'introduisit dans l'enceinte de son magasin.

Après avoir franchi cette première porte, et tout de suite à gauche, s'en trouve une seconde, basse et d'un seul battant, qui permet de pénétrer dans l'intérieur de la maison.

Nous dûmes prendre certaines précautions pour y entrer, car l'ameublement en est si complexe, que c'est à peine s'il reste la place nécessaire pour s'y mouvoir.

Je distinguai en entrant, que sur ma droite se trouvait un établi de menuiserie, tandis qu'à gauche, appuyée à travers le mur lézardé, je vis une meule d'une dimension formidable, se mouvant encore, signe évident d'un travail récent, puis derrière cette meule, et dans une excavation pratiquée dans le mur, des couperets de formes bizarres.

En avant, deux voitures d'une construction massive et toute particulière, quand plus loin, une troisième se distinguait par son élégance.

Quand j'eus bien examiné le tout en général, Heinderech me fit remarquer plus particulièrement la plate-forme du sinistre instrument, la fatale planchette à bascule, et entre les deux bras rouges qui se dressaient immobiles, il me désigna le triangle d'acier qui semblait timidement renvoyer de sinistres éclairs à la lueur fauve de la lampe qui nous éclairait; il me fit voir encore, sur le côté droit de la bascule, le panier destiné à recevoir le corps et la tête du patient.

Tous ces bois, tous ces matériaux sont uniformément peints en rouge foncé.

Heinderech, ne voulant sans doute ne me laisser rien regretter de cette visite, dont le mobile était la curiosité, poussa la complaisance jusqu'à faire monter l'instrument de supplice, afin qu'aucun détail ne puisse m'échapper, et c'est ainsi qu'il m'en fit l'explication :

— Vous voyez ce châssis, qui peut avoir quatre à cinq pieds de hauteur, quinze pouces de largeur dans l'œuvre; il est composé de ces deux montants, qui ont trois pouces en carré, et auxquels sont ménagés des rainures en dedans, pour donner passage. Les deux montants sont joints l'un à l'autre par trois traverses à verrous et à mortaises, une à chaque extrémité et une encore à quinze pouces au-dessus de celle qui forme le châssis. C'est sur cette traverse que le patient pose son cou, quand il y arrive, par l'effet de la planche à bascule. Au-dessus de cette traverse, est la traverse mobile, en coulisse, qui se meut dans la rainure des montants. La partie inférieure est garnie d'un large couperet de neuf à dix pouces de longueur et six pouces de largeur, bien tranchant et bien aiguisé. La partie supérieure est chargée d'un poids de plomb de soixante à quatre-vingt livres. On lève cette traverse meurtrière jusqu'à un pouce ou deux près de la traverse d'en haut, à laquelle on l'attache avec une petite corde qu'on fixe à une poulie. Puis je n'ai qu'à presser ce ressort, pratiqué au montant de gauche, èt la coulisse, tombant d'aplomb sur le cou du patient, le lui coupe net......

Tel était l'instrument qui était appelé à fonctionner sous peu de jours.

On m'avait montré la maison où était remisée cette affreuse machine dont je viens de parler; il ne me restait plus qu'à lui voir accomplir sa terrible mission, et cette occasion m'était offerte par l'exécution prochaine de Troppmann.

La nuit du 19 au 20 janvier, je me trouvais sur la place de la Roquette.

Elle était froide, il gelait. La foule, peu nombreuse d'abord, arriva cependant en masse considérable, vers minuit, et envahit bientôt la place.

Peu d'instants après, arriva un détachement de quatre cents hommes de la Garde de Paris, tant à pied qu'à cheval, qui reçurent l'ordre de faire abandonner par le public les diverses positions qu'il avait su conquérir; cet ordre fut promptement exécuté, mais non pas sans difficulté, et il provoqua, de la part des curieux déroutés, des cris, des hurlements, auxquels vinrent se joindre même des chants.

Ce fut horrible.

Car, à côté de cette terrible pénalité, reconnue nécessaire, c'est cette avidité inique et cruelle qui amène, à chaque exécution, au pied de l'échafaud, une population bruyante, pour ne pas dire indécente.

La peine prononcée, laissons s'accomplir l'affreux châtiment, en respectant, par un morne silence, les derniers instants du condamné!

C'est ce que nous aurions désiré voir cette nuit au pied de la lugubre machine dressée sur la place de la Roquette.

Mais non, et, comme toujours, nous y constatâmes, avec peine, dans certains groupes surtout, une gaieté bien déplacée.

Le goût des exécutions à Paris est si vif, qu'il prêta, dans cette circonstance, aux spéculations les plus inqualifiables.

On nous a affirmé que, à part les bancs et les chaises qui furent apportés aux abords de la place, et dont la location personnelle variait de 5 à 20 fr., certains propriétaires cédèrent une partie de fenêtre au prix de 100 fr.

Vers minuit et demi, vingt-six hommes à cheval de la gendarmerie de la Seine, grandis par leur bonnet à poil, vinrent se ranger de front, en face de l'endroit où se dressera bientôt l'échafaud.

Bientôt après, deux voitures fendent la foule et viennent se placer en avant de la porte de la prison, non loin de cinq larges pierres enchâssées profondément dans le sol, et qui servent d'assises au lugubre instrument.

Ces voitures se vidèrent avec dextérité, les ouvriers étaient nombreux, et bientôt les charpentiers de la mort, aux lueurs blafardes que projettent à l'entour quelques lanternes, se mirent à l'œuvre.

L'échafaud ne tarda pas à dresser, dans la nuit, ses deux grands bras rouges, au faîte desquels le glaive de la justice devait être fixé.

A deux reprises, Heinderech, sur la demande de quelques journalistes désireux de bien se rendre compte des moindres phases de l'exécution, accompagna ces messieurs sur la plate-forme où se trouvait déjà le panier plein de son et là, avec une grande obligeance, il fit manœuvrer la bascule, tout en expliquant le jeu des différents ressorts, ainsi qu'il l'avait fait pour nous trois mois auparavant.

Cette démonstration, nous l'avons donnée au début de notre travail.

Nous n'assistâmes pas à la toilette du condamné Troppmann; mais, comme depuis cette époque, nous avons assisté à beaucoup d'autres, nous allons raconter comment les exécuteurs procèdent dans cette triste circonstance; c'est un moyen de satisfaire la curiosité des gens qui seraient désireux d'en connaître les minutieux détails.

Quand le condamné a été prévenu, qu'il a été conduit au greffe pour la levée d'écrou et de là à la chapelle, pour y entendre les dernières prières, on le conduit dans une salle voisine du greffe, on l'assied sur une chaise ou sur un escabeau, puis l'un des aides lui entrave les jambes avec des cordes qui viennent se nouer au-dessus de la cheville, de chaque côté.

Si le condamné a une chemise de force, on la lui enlève et l'on procède alors à la ligature des mains sur le dos. Deux cordes prennent les épaules pour venir s'attacher, plus bas, à celle qui réunit les poignets, et ces cordes sont sanglées de façon à obliger le condamné à porter la poitrine en avant et à effacer les épaules.

Une dernière ligature, partant des poignets, vient rejoindre l'entrave des jambes, de telle sorte que tout mouvement du corps en avant est impossible.

Il faut que le malheureux marche droit comme un I, avec la tête rejetée en arrière, et c'est cette position qui, quelquefois, fait croire aux spectateurs éloignés que beaucoup d'individus bravaient la mort et regardaient la guillotine en face, alors qu'ils ne s'avançaient que portés par les aides de l'exécuteur des hautes œuvres.

Enfin, le patient ainsi garrotté, on lui coupe les cheveux, et puis le cortége funèbre se met en marche vers l'échafaud.

Tels furent les derniers moments de Troppmann, telle fut la dernière scène du drame sanglant de Pantin ! . . . .

. . . .

Au moment où je me retirais tout frissonnant d'horreur, revoyant par le souvenir la famille Kinck tout entière perdue, assassinée, enfouie, les cadavres amoncelés par le monstre qui venait d'expier devant les hommes ses épouvantables forfaits, on me frappe sur l'épaule ; je me retourne et me trouve en présence d'Heinderech, le grand justicier.

— Si vous voulez venir demain avec moi, me dit-il, je vous emmène à Beauvais. Un de mes confrères a un *parricide* à faire, — et je vais lui prêter la main.

— J'accepte, répondis-je.

— Eh bien ! à demain matin, 9 heures 30, à la gare du Nord.

Le lendemain jeudi, à l'heure dite, je me rends dans la salle des Pas-Perdus de la gare désignée, où se trouvaient déjà les aides d'Heinderech, et où ce dernier ne tarda pas à arriver lui-même.

Il vint à moi et m'invita à le suivre ; mais comme, modeste voyageur, j'avais pris un billet de deuxième, je dus retourner au contrôle pour opérer l'échange de ma place en une première, le *maître* étant pourvu d'un permis de circulation qui lui donnait droit à cette place.

Nous voilà enfin partis et filant à toute vapeur vers Beauvais ; les aides d'Heinderech étaient montés dans un compartiment de deuxièmes ; le voyage me parut fort court, grâce à la conversation très intéressante de *Monsieur de Paris*, conversation ayant pour mobile les diverses attributions de sa terrible charge.

Nous arrivons à Beauvais.

Notre descente du train fut presque un événement.

L'arrivée d'Heinderech était attendue, et sans le plus connaître, mais grâce pourtant au portrait fait de lui dans maints et maints journaux, on le devina, et bientôt nous fûmes entourés et escortés. Une voiture nous déroba à cette curiosité malsaine, et, peu d'instants après, nous étions installés dans un hôtel situé sur la route d'Amiens, à l'extrémité de la ville et en bordure d'une immense place, dite du Marché. C'était sur cette place que devait avoir lieu l'exécution.

Heinderech s'informa si son confrère n'était pas arrivé :

on lui répondit affirmativement, et bientôt nous vîmes entrer dans la salle où nous nous trouvions, un homme qu'Heindereich me présenta comme le bourreau d'Amiens :

— Nicolas Roch, mon collègue, que je viens assister dans son *travail* de demain matin, me dit-il.

Je vis dans le nouveau venu un homme de taille ordinaire, ayant une physionomie assez douce, mais rien de la distinction de manières et de tournure qu'on remarquait chez Heinderech. A cette époque, il portait aux oreilles un ornement assez original, dont il s'est séparé aujourd'hui : c'étaient de petits anneaux d'or ; enfin, l'ensemble de ce personnage donnait assez l'opinion que l'on se forme d'un maître ou compagnon charpentier ; néanmoins, il a de plus que ce dernier, la mise soignée : il est toujours correctement vêtu de noir, comme pour porter le deuil de ceux qu'il est obligé de frapper.

Roch, Nicolas, est né à Mende, département de la Lozère, le 7 janvier 1813, il aura donc soixante-un ans accomplis le 7 janvier prochain. Arrière petit-fils et fils d'exécuteurs, ses premières années dans la vie furent celles de tous les enfants de son âge : il allait à l'école communale où, il faut bien le dire, il ne se distingua en aucune façon ; dès l'âge de dix ans, son père, le destinant à le remplacer dans sa charge, l'emmenait avec lui dans ses diverses opérations, et telles étaient les dispositions du jeune exécuteur de l'avenir, qu'en 1834, lors de sa première nomination, on lui attribuait dix ans de services.

En 1833, au mois de septembre, François Roch, exécuteur pour le département de la Lozère, étant en résidence à Mende, reçut l'ordre d'avoir à se transporter ainsi que son fils Nicolas, à l'endroit dit de Peirebeilhe, afin d'y assister le sieur Pierre Roch, exécuteur de l'Ardèche, qui avait à procéder à une triple exécution. C'étaient :

Martin dit Leblanc, Marie Breysse, sa femme et Rochette (surnommé Fétiche), les terribles aubergistes de Peirebeilhe, qui, après vingt-six ans d'assassinats, étaient enfin tombés sous la main de la justice et allaient expier par le dernier supplice, leurs nombreux et abominables forfaits.

Roch père et fils arrivèrent à Privas le 28 septembre.

Ils se mirent immédiatement à la disposition de leur collègue, et c'est dans la voiture contenant les bois de justice qu'ils se mirent en route pour Peirebeilhe...

Ils partirent en même temps que les condamnés.

Ce terrible voyage devait durer trois jours.

Le départ des condamnés eut lieu, le 29 septembre, à cinq heures du matin ; accompagnés d'un prêtre, ils prirent place dans une charrette.

Le funèbre cortège se mit en route, accueilli sur son passage par des malédictions ou de cruelles railleries.

Toute la campagne des environs était couverte de groupes accourant à la hâte.

Sur la route, de distance en distance, s'établissaient des cantines et des boutiques de marchands ambulants.

De jeunes garçons placés en sentinelles, sur la pointe des rochers, signalaient l'approche du cortège.

Tandis que le convoi s'éloignait de Meyres, la dernière étape des condamnés, une voiture, occupée par quatre personnes s'arrêtait sur le plateau de Peirebeilhe, déjà envahie par la multitude.

Ces personnes étaient les exécuteurs et aides.

Les paysans leur livrèrent passage avec une crainte superstitieuse.

Bientôt les charpentes furent réunies et *ajointées*.

Quand il fallut placer les deux montants à rainures, Nicolas Roch qui exécutait ce travail sous les ordres de son oncle, demanda à ce dernier :

— De quel côté *faites-vous* SALUER *les condamnés* (1)?

— Mais naturellement du côté de leur habitation.

Enfin, lorsque la sinistre machine fut dressée, et que les exécuteurs en eurent minutieusement examiné le jeu, les aides tirèrent du fourgon trois bières de sapin peintes en noir et les placèrent au pied de l'échafaud.

Les linceuils étaient dans les bières, et les fossoyeurs qui avaient déjà creusé les fosses, étaient là, dans l'assistance, attendant leur charge.

Tout à coup un murmure lointain se fit entendre.

C'étaient les condamnés qui arrivaient.

Peu d'instants après, la charrette et sa nombreuse escorte arrivèrent sur le plateau.

Leblanc aperçut la guillotine, et, avec calme, s'écria dans le patois du pays :

— *Aqui nostro mort!*

Un profond silence succéda au tumulte. Un cercle immense se forma autour de l'échafaud. Vingt-cinq mille âmes environ étaient assemblées.

Les trois Roch montèrent dans la voiture des condamnés pour procéder à la toilette.

Puis, Marie Breysse fut descendue la première.

Elle n'avait plus la force de pleurer; seulement elle répétait d'une voix défaillante: « Oh! mon Dieu!... Oh! mon Dieu! »

Les valets de l'exécuteur voulurent la soutenir; elle les repoussa et monta d'un pas assuré.

---

(1) Argot du métier, qui indique le côté où doit tomber la tête.

Leblanc regarda d'un œil sec comment sa femme savait mourir.

Il lui succéda avec une contenance impassible.

Avant de se coucher sur la planche fatale, il jeta un regard amer sur sa maison fermée.

Deux minutes après, il n'était plus.

Jean Rochette suivit ses maîtres; il ne les avait pas vus tomber. La paupière rouge, se soutenant à peine, il gravit d'un pas chancelant l'escalier.

On entendit ses sanglots convulsifs jusqu'au moment où sa tête alla rouler près de celles de ses complices.

Puis, la foule se retira vivement impressionnée.

Tout n'était pourtant pas fini; car, tandis que les derniers témoins de cet épouvantable drame se retiraient, une femme vêtue de deuil, qui s'était tenue cachée, tourna l'angle de l'auberge et s'avança résolûment vers l'échafaud.

Les exécuteurs et leurs aides déposaient dans leurs bières les corps des suppliciés.

A la vue de cette femme qui s'approchait, Nicolas Roch suspendit sa besogne.

— Que voulez-vous? lui demanda-t-il.

— Je suis la fille de Martin Leblanc, dit-elle, je me nomme Catherine X..., et je viens vous réclamer le corps de mon père et de ma mère.

Nicolas Roch l'adressa à son oncle, qui accéda à la demande de la malheureuse femme, dont le courage égala la piété filiale, car elle ensevelit ces troncs décapités sans s'effrayer du sang et de l'expression hideuse de ces restes mutilés.

Elle approcha ses lèvres du front de son père et de sa mère, se mit à genoux et pria.

Sa prière terminée, elle s'éloigna.

. . . .

A propos de cette exécution, nous demandions à Roch, s'il n'avait jamais éprouvé d'émotions.

— Ma foi non, nous répondit-il, je fais mon métier consciencieusement, jamais aucun reproche ne m'a été adressé dans mon service, si ce n'est seulement à l'occasion de cette triple exécution, pendant laquelle mon père m'appela maladroit, parce que j'avais laissé échapper la tête de la femme, qui roula loin de l'échafaud; sans plus m'émotionner, je descendis de la plate-forme, et allant prendre la tête, je la jetai dans le panier.

A cette époque, il fut nommé exécuteur provisoire à Carpentras, où il ne fit qu'un séjour de six mois, pour cause de suppression d'emploi d'aide ; à la suite de cette suppression d'emploi, il revint chez son père, à Mende, où il continua d'exercer, mais sans titre officiel.

Pour nous servir de l'expression qui lui est propre pour désigner ses occupations, il avait déjà *travaillé* vingt-sept fois ! Toutes ces exécutions n'étaient point capitales ; il y avait dans le nombre des réquisitoires de marques, carcans et expositions publiques.

Ainsi qu'on le verra, il était dans la destinée de Nicolas Roch de ne remplacer que des confrères révoqués : à Carpentras, il prit la suite des affaires du sieur Osval Carré, qui fut révoqué pour avoir refusé de procéder à l'exécution publique du nommé Louis Chabert, condamné par la cour d'assises de Vaucluse.

Voici, du reste, le texte du décret :

COUR ROYALE DE NIMES

Nous, procureur général près la cour royale de Nîmes,

Vu l'arrêté du 10 courant, par lequel Osval Carré a été nommé par nous exécuteur provisoire dans le département de Vaucluse ;

Vu le réquisitoire de notre substitut, par lequel ce magistrat requérait le dit Osval Carré de procéder à l'exposition publique du nommé Jean-Louis Chabert, condamné par la cour d'assises de Vaucluse ;

Vu la réponse dudit Carré à ce réquisitoire, contenant refus d'obtempérer sans l'assistance d'un aide ;

Vu la lettre de notre substitut de Carpentras, du 13 septembre courant, par laquelle il nous signale ce refus, en se plaignant de l'attitude insolente dudit Carré ;

Attendu qu'il est urgent de pourvoir à son remplacement,

Avons arrêté :

L'arrêté du 10 septembre courant, portant nomination provisoire d'Osval Carré aux fonctions d'exécuteur provisoire des arrêts criminels dans le département de Vaucluse, est et demeure rapporté.

Le nommé Roch, fils de l'exécuteur des arrêts criminels de la cour d'assises de la Lozère, est nommé exécuteur provisoire dans le département de Vaucluse.

Fait à Nîmes, au parquet de la cour royale, le 21 septembre 1838.

Pour le procureur général en congé ;

Le premier avocat général,

Signé : X...

En 1843, le 12 août, il fut nommé aide exécuteur à Lons-le-Saunier, aux appointements de 800 fr., en remplacement de Démoret François, révoqué pour cause d'ivrognerie et débauche.

Le 28 avril 1832, la marque et le carcan étaient abolis.

Le 12 avril 1848, parut le décret snivant, sur l'abolition de l'exposition publique :

« Le gouvernement provisoire,

» Vu le rapport du ministère de la justice ;

» Vu l'article 22 du code pénal ainsi conçu :

« Quiconque aura été condamné à l'une des peines des travaux forcés » à temps ou de la réclusion, avant de subir sa peine, demeurera durant » une heure, exposé aux regards du peuple sur la place publique. Au- » dessus de sa tête sera placé un écriteau portant en caractères gros et » lisibles, ses noms, sa profession, son domicile, sa peine et la cause de » sa condamnation.

» En cas de condamnation aux travaux forcés à temps ou la réclu- » sion, la cour d'assises pourra ordonner par son arrêt que le condamné, » s'il n'est pas en état de récidive, ne subira pas l'exposition publique.

» Néanmoins, l'exposition publique ne sera jamais prononcée à » l'égard des mineurs de dix-huit ans et des septuagénaires. »

Considérant que la peine de l'exposition publique dégrade la dignité humaine, flétrit à jamais le condamné et lui ôte, par le sentiment de son infamie, la possibilité de la réhabilitation ;

Considérant que cette peine est empreinte d'une odieuse inégalité, en ce qu'elle touche à peine le criminel endurci, tandis qu'elle frappe d'une atteinte irréparable le condamné repentant ;

Considérant enfin que le spectacle des expositions publiques éteint le sentiment de la pitié et familiarise avec la vue du crime,

DÉCRÈTE :

La peine de l'exposition publique est abolie.

Fait en séance du Gouvernement provisoire, le 12 avril 1848.

Les membres du Gouvernement provisoire,

Signé : DUPONT (de l'Eure), LAMARTINE, LEDRU-ROLLIN, GARNIER-PAGÈS, LOUIS BLANC, ALBERT, ARAGO, FLOCON, ARMAND MARRAST, AD. CRÉMIEUX, MARIE.

Le secrétaire général du Gouvernement provisoire,

Signé : PAGNERRE.

A la suite de ce décret, l'emploi d'aide fut supprimé et Roch en fut favorisé par sa nomination, au même siége, d'exécuteur-adjoint aux appointements de 1,200 fr.

Pendant les dix années qu'il a passé à Lons-le-Saunier, il n'a eu à procéder qu'à une seule exécution pour son ressort, tandis qu'il a assisté à *vingt-trois* dans les départements voisins, au seul titre d'*aide-assistant*, au nombre desquelles nous citerons celle de Montcharmont dit le *Braconnier*, dont les péripéties dramatiques agitèrent l'opinion publique pendant plusieurs semaines et donna naissance à un procès judiciaire intenté à M. Charles Hugo, fils de l'illustre poëte, qui, dans cette circonstance, prit à parti dans le journal l'*Événement*, non les bourreaux maladroits, mais les magistrats et la loi elle-même, la loi qui, pendant une heure, s'était *colletée avec le bourreau*. « Vos guillotines, disait-il, sont aussi mal faites que vos lois. »

Charles Hugo qui fut défendu par son père, s'entendit condamner à un mois de prison, cinquante francs d'amende et aux dépens (1).

Racontons succinctement ce procès criminel : ·

Claude Montcharmont était né en 1822, d'une honnête et laborieuse famille de cultivateurs, à Saint-Prix-sous-Beauvray (Saône-et-Loire). Il était doué d'une intelligence vive et d'une constitution robuste, mais joignait à ces qualités une grande paresse et un esprit de vagabondage extraordinaires. Dès l'âge le plus tendre, il disparaissait des journées entières du logis paternel et passait ce temps à tendre des collets de crin sur les passées de lapin, ou bien dans les cours des fermes, maraudant œufs et poules.

Arriva la révolution de 1848. C'était le temps des clubs de villages, des révoltes ouvertes contre toute autorité : c'était le temps des paresses phraseuses et de la licence hautement professée.

Montcharmont ne vit dans ce relâchement général de toute discipline, qu'un encouragement à ses goûts de paresse vagabonde et un affranchissement de la loi. Il passa son temps à la chasse, braconnant audacieusement sur les propriétés les mieux gardées.

Survinrent des condamnations; à la suite, des haines se firent jour dans l'esprit de Montcharmont et les résultats en furent terribles.

Le 7 novembre 1850, deux gendarmes en service sur la commune de Saint-Prix, furent attaqués par Montcharmont qui se croyait poursuivi ; l'un d'eux, le gendarme Émery, fut atteint d'un coup de feu au cou et rendit le dernier soupir presque instantanément ; le deuxième, Brouet, fut également blessé ; le 9 novembre, l'assassin se présentait à la nuit tombante, au domicile du garde-champêtre Gauthey, contre lequel il nourrissait depuis longtemps une haine mortelle, et entr'ouvrant la porte de ce domicile, il dirigeait son fusil,

---

(1) *Causes célèbres.*

chargé d'une balle, contre le pauvre Gauthey qu'il étendit raide mort au milieu de sa femme et de ses jeunes enfants.

Montcharmont fut arrêté le 4 décembre suivant, et le 29 mars 1851, il comparut devant la Cour d'assises de Chalon, où il s'entendit condamner à la peine de mort.

Ce sauvage, rusé et cruel montra, après sa condamnation, une crainte de la mort, une soif de conservation qui ne se retrouvent au même degré que dans la bête féroce.

Les quarante jours qui s'écoulèrent pour lui entre l'arrêt et l'exécution, furent quarante jours d'agonie bestiale. L'effrayante image du supplice qui l'attendait le poursuivait sans relâche : à chaque moment, il croyait voir se dresser devant lui l'échafaud sur lequel il allait perdre sa tête.

La nuit, il faisait sans doute des rêves affreux, des rêves de couperet sanglant et de tête séparée du tronc, car il se réveillait avec des hurlements fauves. Le jour, il pleurait, il gémissait, il écrivait à ses amis, à tous ceux qu'il croyait pouvoir lui venir en aide. Des personnes charitables le visitaient, le consolaient, l'exhortaient à la résignation et au repentir : « Mais c'est ce couteau, disait-il, c'est cette planche criminelle que je vois toujours ! »

Le 10 mai avait été fixé pour l'exécution. L'échafaud fut dressé dans la nuit. Roch, exécuteur du Jura, en résidence à Lons-le-Saunier, était venu, par ordre, prêter main-forte à son collègue de Chalon.

A cinq heures un quart, l'aumônier de la prison vint annoncer au condamné qu'il allait paraître devant Dieu. A cette nouvelle, Montcharmont pousse des cris déchirants, se tord sur son lit et refuse de se lever. En vain le vénérable ecclésiastique lui prodigue les consolations de la religion. L'instinct de la conservation semble seul survivre chez Montcharmont : il ne veut rien entendre. Il se ramasse comme pour lutter contre un ennemi.

A force de prières, l'aumônier le décide à se confesser : Montcharmont se calme un peu et demande un second prêtre. On se rend à ses désirs et on envoie chercher un vicaire à Saint-Pierre.

Mais le moment de la lugubre toilette est venu. Les exécuteurs veulent pénétrer dans la cellule : la porte résiste ; Montcharmont s'est barricadé. On parvient à vaincre cet obstacle ; mais le malheureux refuse de s'habiller. Il pleure, il crie ; ses hurlements, entendus au dehors, vont glacer d'effroi les spectateurs rassemblés près des portes de la maison d'arrêt. Enfin, après de longs efforts, on parvient à l'habiller à peu près, et à lui lier les pieds et les mains.

Le condamné fut ensuite hissé sur la charrette et on le mena jusqu'au pied de l'échafaud. Mais, lorsqu'on l'en eut fait descendre et qu'on voulut lui faire gravir l'escalier fatal, il parvint à accrocher ses pieds aux marches en bois et, de ses larges et robustes épaules, à se retenir avec une vigueur surhumaine. Des deux exécuteurs, l'un était âgé, l'autre de faible complexion; ils voulurent l'enlever, leurs efforts furent vains. Alors commença une lutte horrible. Montcharmont, dont les forces étaient décuplées par le désespoir, ramassé sur lui-même, l'œil fixe et concentré dans sa résistance, faisait corps avec l'obstacle et ne cédait pas une ligne de terrain. Il appelait à son secours, hurlait, invoquait le nom de son père et de sa mère, et embrassait convulsivement le Christ, que lui présentait l'aumônier, en l'excitant à la résignation.

Parmi ses cris effroyables, on distinguait cette phrase qui revenait de temps en temps : « Eh! mon Dieu! faites-moi donc mourir de la mort de ceux que j'ai tués! »

Cette lutte désespérée, cette effrayante agonie durèrent trente-cinq minutes. La foule, silencieuse, par respect pour la loi, souffrait horriblement de ce spectacle atroce. Les deux exécuteurs, haletants, couverts de sueur, étaient à bout de forces : le commissaire délégué pour assister à l'exécution, ancien et brave soldat, mais nouveau dans ses fonctions et mal aguerri encore, perdit la tête, et on renonça à vaincre la résistance du condamné.

On le ramena à la maison d'arrêt; il voulut faire le trajet à pied. Ses épaules nues et ensanglantées témoignaient suffisamment de l'énergie de ses efforts suprêmes. Réintégré dans sa cellule, Montcharmont fut gardé à vue; il ne cessait de faire entendre des cris lamentables.

L'instrument du supplice resta dressé toute la journée. A quatre heures et demie du soir, arriva l'exécuteur de Dijon, mandé par le procureur de la République. Montcharmont fut lié de nouveau, mais, cette fois, de manière à ne pouvoir faire aucun mouvement. Pendant ce temps, la troupe de ligne et la gendarmerie faisaient évacuer la place Ronde, sur laquelle stationnait toujours une foule énorme.

A cinq heures, Montcharmont fut ramené sur la charrette. Arrivé au pied de l'échafaud, il déposa une suprême confession dans le sein du prêtre qui ne l'avait pas quitté. Puis, les exécuteurs s'emparèrent de lui et le portèrent sur la plate-forme. Là, se retournant vers les assistants, il s'écria : « Amis, priez Dieu de me faire grâce! » Il venait d'achever et de baiser le crucifix... Sa tête tombait, et la mort mettait fin à ses longues tortures.

Roch, en nous racontant les détails de ce lugubre drame, déplorait que ses conseils n'aient point prévalus dans cette circonstance.

— L'amour-propre de mon confrère de Chalon, nous a-t-il dit, a été seule la cause de tous les inconvénients que nous avons éprouvés. Je voulais lier le condamné, et ma manière qui ne m'a jamais fait défaut, m'eut tout aussi bien favorisé ce jour-là qu'aujourd'hui. La preuve en fut évidente à l'arrivée de l'exécuteur de Dijon. Sa présence devint inutile; ce que je voulais faire le matin, on me le laissa faire le soir, et tout se *termina à ravir*.

En 1853, le 21 mars, il fut nommé exécuteur-chef à Amiens, dans le département de la Somme, en remplacement du nommé Henry Ganié, révoqué pour cause d'ivrognerie et pour avoir manqué au service adhérent à sa charge et de plus, lors de l'exécution de la femme Gain, pour n'avoir pas procédé à cette exécution à l'heure prescrite par le parquet, et s'être en outre refusé de monter dans la voiture qui devait transporter la condamnée au lieu de l'exécution.

Pendant les longues années de sa résidence à Amiens, Nicolas Roch a procédé à de nombreuses exécutions.

— Je n'en tenais pas bien compte, me disait-il, un jour, mais je crois bien que cela ne va pas loin de trente.

Ainsi, à l'époque où par l'intermédiaire de feu Heinderech, Nicolas Roch me fut connu, il avait fait *éternuer* (toujours pour nous servir de ses propres expressions) quatre-vingts condamnés environ; c'était déjà un nombre raisonnable.

Tous les renseignements qui précèdent me furent donnés par Roch lui-même, en attendant l'heure du dîner, auquel j'avais convié exécuteurs et aides.

A cinq heures, on vint nous prévenir que nous étions servis, et bientôt après j'étais attablé côte à côte de sept exécuteurs ou aides qui se mirent à causer comme si rien n'était, de leur grande affaire du lendemain.

Heinderech demandait à Roch où il avait remisé ses bois, celui-ci répondait qu'il les avait laissé chargés sur une charrette qui les lui avaient amenés d'Amiens, et que pour le moment ils étaient exposés aux regards du public, devant la porte de l'hôtel.

— Je ne commencerai à monter que vers deux heures du matin; un piquet de cavalerie appartenant au 2me hussards, doit protéger mon travail; je le crois bien inutile, car avec le froid qu'il fait, nous n'aurons pas beaucoup de curieux.

— A quelle heure la toilette?

— A six heures et demie.

— Avez-vous tout ce qu'il vous faut?

— Ma foi, oui, et tout neuf encore, il ne se plaindra pas. J'ai des cordes qui n'ont jamais servi, ainsi que le voile et la chemise.

Il s'agissait d'un nommé Bélière, condamné à mort pour crime de parricide.

Ce Bélière était un homme de trente-trois ans, grand, vigoureux, fort, mais poussé par les plus mauvais instincts et les plus détestables convoitises. Il avait tué son père, et ce crime horrible avait été consommé avec une effroyable cruauté.

Bélière disait devant la Cour d'assises : « Mon couteau enfoncé dans le corps de mon père, me faisait l'effet d'une lame pénétrant dans une motte de beurre. »

La Cour d'assises de l'Aisne condamna Bellière à la peine de mort, dans son audience du 10 décembre 1869.

Le pourvoi en cassation et le recours en grâce furent rejetés, et l'heure de la suprême expiation arriva.

L'exécuteur des hautes-œuvres de Paris, le sieur Heinderech, et celui d'Amiens, Roch. arrivèrent à Beauvais le 20 janvier et prirent leurs dispositions.

L'échafaud fut dressé pendant la nuit sur la place du Marché aux chevaux ; les bois de justice avaient été amenés d'Amiens. Cette lugubre opération se fit par un froid vif et piquant et au milieu de la neige. A quatre heures du matin, l'échafaud élevait dans les airs ses deux grands bras rouges, Personne, pas un curieux, n'était venu sur la place. A six heures seulement, la foule commença d'arriver ; le temps s'était amélioré ; la neige ne tombait plus et le froid était moins vif.

Sept heures sonnèrent aux horloges de la ville.

Le directeur de la prison entra dans la cellule du condamné. Bellière ne dormait pas; il comprit que sa dernière heure était proche et murmura : «Ma mère! ma pauvre mère !»

Bellière refusa de voir l'aumônier de la prison.

Il demanda M. Carpentier, aumônier du collége, qu'il écouta avec recueillement.

A sept heures et demie, on procéda à la toilette.

Bellière se débattit, et l'exécuteur Roch, que nous avions vu jusque-là froid, impassible, sut trouver des paroles de consolation, pour calmer la crainte terrible qui envahissait l'âme du patient.

— Allons, mon ami, lui disait-il, du courage, laissez-nous faire, nous vous donnerons tout le temps que vous voudrez.

Bellière fixa l'exécuteur et deux larmes lui tombèrent aux yeux.

Un exécuteur attendrissait un grand criminel à ce point que le condamné se calma et se livra aux exécuteurs en disant : je meurs en me repentant.

Pour un parricide, la toilette est toute particulière. Après la cérémonie d'usage, on revêtit Bellière d'une longue chemise blanche, assez semblable aux peignoirs de bain, puis on jeta sur sa tête un ample voile noir; le condamné était pieds-nus.

Arrivé au pied de l'échafaud, il écouta la sentence lue par un huissier de la ville, puis monta sur la plate-forme soutenu par les aides de l'exécuteur.

Une minute plus tard le fatal couperet avait accompli sa terrible mission.

Un grand criminel avait expié son crime...

Pendant que la foule se retirait visiblement impressionnée du drame sanglant auquel elle venait d'assister, Heinderech vint me chercher jusque dans un coin d'un poste voisin où je m'étais blotti tout frissonnant.

— Votre mission n'est point accomplie, me dit-il avec le sourire aux lèvres, venez avec moi sous l'échafaud pour voir la position qu'occupe le corps du supplicié en tombant par la trappe.

L'échafaud de l'exécuteur Roch n'avait pas été encore modifié, c'était l'ancien système.

Je suivis en silence Monsieur de Paris, et j'arrivai ainsi sous l'effroyable machine qui venait de fonctionner d'une façon si terrible.

— Prenez garde, me dit-il, ne vous approchez pas trop du centre, le sang du *casse-cou* pourrait rejaillir sur vous.

Je me reculai avec effroi, mais en même temps un tableau hideux s'offrit à mes regards.

Le corps du supplicié, lancé de la planche à bascule vers la trappe, n'était pas entièrement tombé dans le panier, le tronc seul y reposait, tandis que les jambes se trouvaient en l'air et en dehors.

Roch était déjà en train de déligaturer le cadavre. Heinderech peu satisfait de cette opération, en fit la remarque à son confrère.

— Peste, comme vous y allez, vous, plus souvent que je vais lui laisser ces cordes; elles sont toutes neuves et me serviront pour d'autres.

Les aides allongent le corps dans la bière d'osier et le transportent sur la charrette, qui prend aussitôt le chemin du cimetière

Le funèbre cortége avait déjà franchi la place, lorsque Roch s'apperçut que la tête de Bélière était restée dans la cuvette; un aide revint vers l'échafaud et reparut bientôt, portant à la main la tête sanglante qu'il déposa près du corps.

C'était le dernier épisode de ce lugubre drame.

L'heure du déjeuner me réunit encore une fois à ces hommes, armés du glaive de la loi pour la défense de la société et Roch me montra tout rayonnant de joie, un certificat qui venait de lui être délivré par le procureur impérial et dans lequel il était dit que l'exécuteur des arrêts criminels pour le département de la Somme, avait procédé à l'exécution de Bélière avec *exactitude, célérité* et *humanité.*

C'était la dernière exécution de Roch, comme exécuteur chef de la ville d'Amiens, car en vertu du décret du 25 novembre 1870, il devait être appelé comme premier adjoint de l'exécuteur des arrêts criminels du continent français.

Voici le texte assez curieux du reste, de ce décret, tel que nous le relevons dans le *Bulletin des lois,* années 1870-71. — Tours et Bordeaux, — Défense nationale.

N° 244. — Décret *sur les exécuteurs des hautes œuvres.*

Du 25 novembre 1870.

Le garde des sceaux, ministre de la justice, membre et délégué du Gouvernement de la défense nationale,

Vu l'ordonnance du 8 octobre 1832, et les décrets ou arrêtés qui ont attribué au ministre de la justice l'organisation et la discipline du corps des agents exécuteurs des arrêts criminels, et le soin de pourvoir à l'entretien et à l'établissement des bois de justice ;

Attendu que le principe admis par ces règlements a été la réduction progressive du personnel des exécuteurs avec allocation de secours alimentaires à ceux dont les fonctions étaient supprimées ;

Considérant que, même dans l'état actuel de la législation pénale et avec le système des exécutions publiques, le nombre des agents rétribués est excessif, et que le moment est venu d'ordonner une nouvelle réduction d'un personnel devenu inutile, tandis que l'extinction, depuis le dernier décret, de la plupart des titulaires de secours viagers, permet de réaliser cette amélioration avec une notable économie pour le Trésor ;

Considérant que l'entretien, dans chaque ressort de cour d'appel, de bois de justice grève inutilement le budget, et qu'aucune loi ne légitime l'usage de les dresser sur une plate-forme élevée au-dessus du sol, de manière à transformer en un spectacle hideux l'expiation légale dont la publicité n'est pas mieux garantie, tandis qu'il en résulte les plus grands inconvénients pour le transport et l'érection du bois de justice ;

Décrète :

Art. 1er. A partir du 1er janvier 1871, les exécuteurs en chef et adjoints en exercice sur le territoire continental français seront relevés de leurs fonctions individuellement. Chacun d'eux cessera de toucher ses gages un mois après la notification qui lui aura été faite par le préfet du département de sa résidence, sur avis transmis par notre directeur des affaires criminelles.

ART. 2. Il ne sera maintenu qu'un exécuteur en chef et cinq exécuteurs adjoints en fonctions. Leur résidence sera fixée dans la capitale, sauf ordre contraire émané du ministre de la justice.

Ils recevront annuellement et par douzième, sans retenue, des gages fixés : pour l'exécuteur en chef, à six mille francs par an ; pour deux adjoints de 1re classe, à quatre mille francs chacun ; et pour trois adjoints de 2e classe, à trois mille francs chacun.

Les nominations, révocations, privations disciplinaires de partie des gages, en un mot, tout ce qui concerne la police et la discipline des exécuteurs est placé dans les attributions du directeur des affaires criminelles, sous l'autorité du ministre.

ART. 3. Deux machines ou instruments, avec leurs accessoires de rechange, établies sur le modèle adopté en Algérie, seront construites et entretenues à Paris en état d'être immédiatement transportées partout où besoin sera. Il pourra être passé un abonnement avec l'exécuteur en chef pour l'entretien de ces machines. -

ART. 4. Toutes les fois qu'il y aura lieu de procéder, en dehors de Paris, à l'exécution d'un condamné, l'exécuteur en chef sera tenu de se transporter au lieu indiqué avec l'un de ses adjoints. S'il y a plus d'un condamné, il prendra au 4e bureau de la direction criminelle du ministère de la justice l'autorisation d'emmener le nombre d'adjoints jugé nécessaire.

Ils seront transportés, avec les instruments de justice, en chemins de fer par trains directs ou rapides. Les frais qui ne seraient pas prévus par les cahiers des charges des compagnies seront compris et mandatés dans les mémoires périodiquement présentés au ministère de la justice par les compagnies.

Chaque homme recevra une indemnité de huit francs par jour, frais de transport non compris.

L'exécuteur en chef devra pourvoir aux fournitures nécessaires à l'exécution des arrêts criminels.

Les frais divers feront l'objet d'un mémoire mandaté par le directeur des affaires criminelles, sur la proposition du chef du 4e bureau.

ART. 5. Les magistrats des parquets, juges de paix, maires et autres officiers de police judiciaire seront tenus de pourvoir sur les lieux, par des ordres ou réquisitions, aux transports, fournitures, ou travaux de toute espèce nécessaires à l'exécution des arrêts criminels et au logement des exécuteurs et des instruments de justice, sur la production de l'ordre reçu par l'exécuteur.

ART. 6. Dans le cas où les exécuteurs des arrêts criminels seront requis pour le service des ministères de la guerre ou de la marine, les frais de toute nature seront à la charge du budget du ministère requérant.

ART. 7. Il n'est rien modifié à l'organisation du service en Corse et en Algérie.

ART. 8. Chaque année un état des secours alimentaires nécessaires aux exécuteurs relevés de leurs fonctions, ou aux veuves, non remariées et âgées de 60 ans, des exécuteurs morts en exercice, sera dressé par le directeur des affaires criminelles dans les proportions et suivant les usages consacrés par les règlements en vigueur.

ART. 9. La somme que la nouvelle organisation rendra disponible sur les gages du personnel ou les frais de matériel compris au budget de 1871, feront retour au trésor.

Toutes dépenses éventuelles exigées pour l'exécution des arrêts criminels seront imputables au budget sur les frais de justice criminelle.

Fait à Tours, le 25 novembre 1870.

Signé : AD. CRÉMIEUX.

C'est le 24 juillet 1871, que Nicolas Roch fut nommé comme adjoint de 1re classe, auprès de l'exécuteur en chef des arrêts criminels pour tout le continent français.

Un an plus tard, c'est-à-dire le 6 avril 1872, par suite du décès d'Heinderech, Roch était nommé exécuteur en chef.

A cette époque, nous fîmes paraître, dans *Le XIXe Siècle*, un article concernant l'exécuteur et son personnel ; nous le citons à nouveau, en son entier, comme complément de ce petit travail :

L'EXÉCUTEUR DES HAUTES-ŒUVRES ET SON PERSONNEL.

———

Pendant ces derniers jours on a beaucoup parlé de la mort d'Heindereich et de l'installation de son successeur. Nous avons attendu la nomination du nouvel exécuteur des arrêts criminels pour donner sur chacun des sujets composant son personnel les renseignements que nous avons recueillis à des sources officielles :

1º Roch (Nicolas), et non point Roques, ni Boq, ni Boque, mais bien Roch, a été nommé seulement mardi dernier, et c'est avec le titre d'exécuteur-chef qu'il a procédé à l'exécution de Ducorbier à Melun. Roch est né en 1813 à Mende (Lozère) : il est âgé par conséquent de soixante ans. Avant de venir à Paris, comme premier adjoint de feu Heindereich, il avait, pendant une période de vingt ans, occupé l'emploi d'exécuteur-chef à Amiens. Il nous souvient d'avoir vu Roch avant son installation à Paris. C'était le 21 janvier 1869, à Beauvais, trois jours après l'exécution de Troppmann. Ce jour-là il s'agissait d'un parricide, un certain Bellière.

Le Roch d'alors avec celui d'aujourd'hui n'a guère changé. C'est le même homme. Taille ordinaire, physionomie assez douce, mais rien de la distinction de manières et de tournure qu'on remarquait chez Heindereich. Un changement pourtant s'est opéré chez cet homme, il s'est séparé d'un ornement assez original : il portait à ses oreilles de petits anneaux d'or, ils ont disparu. Roch est père de famille et huit enfants, exécuteurs de l'avenir, font le plus bel ornement de ce ménage.

2° Gagne, qui vient d'être nommé 1er adjoint en. remplacement du précédent est un homme de trente-cinq ans. Quand parut le décret qui supprima l'emploi d'exécuteurs en province, il était aide de l'exécuteur Dragon. Gagne est assez distingué de manières, et dans sa conversation il vise à l'esprit ; il y réussit parfois, car il est doué d'une assez forte dose d'intelligence, et pas plus tard qu'hier, dans un compartiment de première, — ligne de Lyon, — nous lui entendions faire le tableau charmant des rives de la Seine, dans un langage digne de Mme Deshouillères. Gagne est de haute taille, vêtu correctement de noir, et chaussé de vernis ; son abord est froid, mais sa politesse exquise fait qu'on ne s'en aperçoit guère

3° Desfourneaux.

4° Bergé.

5° Desblair

Et 6° Etienne, sont les adjoints de 2e classe.

Ce dernier a été nommé hier seulement. Il était en résidence à Dijon, et à la suite de l'*auto-da-fé* de la guillotine, qui eut lieu sur la place Voltaire, pendant la Commune, Etienne reçut l'ordre d'amener sa machine à Paris. La *Dijonnaise*, ainsi que la nommait ces *messieurs*, n'a jamais *travaillé à Paris*, on l'a même mise en *retrait d'emploi*.

Indépendamment de Roch, nommé grand justicier des arrêts criminels pour tout le continent français, il y a encore les nommés Basueux père et fils, pour l'Algérie, et Demouret pour la Corse.

Quand le décret qui supprime les exécuteurs fut promulgué, il y avait en France cinq exécuteurs portant ce dernier nom, tous de la même famille. Il y avait Demouret en Corse, Demouret à Agen, Demouret à Bordeaux, Demouret à Limoges, et Demouret à Orléans.

Quelle touchante affiliation, n'est-ce pas ?...

Disons, en terminant, qu'aujourd'hui des exécuteurs ou aides existants, tous sont parents à un degré quelconque.

Voici la pièce authentique qui institue Roch exécuteur en chef des arrêts criminels du continent français :

Ministère de la Justice — Secrétariat général — Division de la comptabilité et des archives — Bureau des archives	*République française* — **ARRÊTÉ**

Le directeur des affaires criminelles et des grâces du ministère de la justice.

Vu l'article 2 du décret du 25 novembre 1870, en vertu des pouvoirs qui lui sont conférés, et conformément aux prescriptions de ce décret ;

Attendu le décès du sieur Heindereich, exécuteur en chef des arrêts criminels pour tout le continent français,

Arrête :

Art. 1er. Le sieur Roch (Nicolas), 1er exécuteur adjoint des arrêts criminels, est nommé exécuteur en chef des arrêts criminels pour tout le continent français, en remplacement du sieur Heindreich.

Art. 2. Il touchera en cette qualité six mille francs, qui lui seront payés à partir du 1er avril 1872 par douzième et sans retenue, à la charge par lui de rester à Paris et de ne pouvoir s'absenter de cette ville sans la permission expresse et par écrit du chef du premier bureau de la division criminelle.

Art. 3. Il aura sous ses ordres cinq exécuteurs adjoints qui l'assisteront suivant les besoins du service, dans les exécutions capitales.

Fait à Paris, le 6 avril 1872.

Signé : X...

Pour ampliation :

Le chef du 1er bureau.

Signé : X...

Pour le directeur des affaires criminelles et des grâces :

Le chef du 1er bureau,

Signé : X...

Voici la nomenclature des exécutions auxquelles Nicolas Roch a procédé, depuis son installation à Paris:

1   25 octobre 1871, à Chaumont (nom inconnu).
2   Férié Réné, au Mans (Sarthe), 13 décembre 1871.
3   Ondé Antoine, à St-Bonnet (Cantal), 30 janvier 1872.
4-5-6   Guirard, Guillot, Proust, à Chartres (Eure-et-Loir), 19 février 1872.
7-8   Lagagne Amand, Catherine Gerbaud, à Saint-Mihiel (Meuse), 27 février 1872.
9   Joseph Lemettre, à Marquise (Pas-de-Calais), 5 mars 1872.
10   Brunet Gustave, à Versailles, 11 mars 1872 (dernière exécution d'Heinderech).
11   Bourgogne Léon, à Troyes, 4 avril 1872.
12   Ducorbier, à Melun, 8 avril 1872.
13-14   Loth et Félicité Lambin, à Charleville (Ardennes), 17 avril 1872.
15   Romette, à Dijon, 19 avril 1872.
16   Tourres, à Aix, 22 avril 1872.
17   Moreux, à Paris, 17 juin 1872.
18   Mancel, à Caen, 6 juillet 1872.
19   Beltrau, à Toulouse, 27 juillet 1872.
20-21   Toledano et Sitbon, à Marseille, 29 juillet 1872.
22   Bernard, à Lyon, 31 juillet 1872.
23   Courcol, à Arras, 3 août 1872.
24   Gauché, à Amiens, 16 août 1872.
25-26   Garbarino et Galetot, à Aix, 1er octobre 1872.
27   Piégelin, à Besançon, le 6 janvier 1873.
28-29   Villiard et Perré, à Lyon, le 14 février 1873.

30   Garel, le 10 janvier, à Reims.
31   Marchand, à Rennes, le 14 janvier 1873.
32   Gard, à Laon, le 25 mars 1873.
33   Hébrard, à Riom, le 29 mars 1873.
34   Sévin, à Melun, le 9 avril 1873.
35   Gauthier, à Angers, le 15 avril 1873.
36   Iturmendi, à Nantes, le 19 avril 1873.
37   Vachot, à Lyon, le 24 avril 1873.
38   Couturier, à Paris, le 24 mai 1873.
39   Rissilé, à Chalon, le 27 mai 1873.
40   François, Jean-Baptiste, à Laon, le 26 juillet 1873.
41   Hulans, à Châteaudun, le 11 octobre 1873.
42   Antoine Praval, à Carcassonne, 15 octobre 1873.
43   Rondepierre Blaise, à Varennes, 11 décembre 1873.

Par cette liste nécrologique assez remplie, on voit que la charge d'exécuteur des arrêts criminels est loin d'être une sinécure.

Ici vient se placer un souvenir rétrospectif : c'était à l'occasion de la double exécution de Saint-Mihiel, portant les nᵒˢ 7 et 8 de cette liste sinistre de l'échafaud.

Quand le convoi funèbre arriva au pied du fatal instrument et que les prêtres, qui exhortaient les patients, furent descendus de la voiture qui les amenaient, je me joignis à eux afin de masquer, au dernier, l'affreux supplice du premier.

Ce fut premièrement à la femme. Le courage ne lui fit pas défaut dans cet instant suprême; après avoir donné le baiser de paix à son complice, elle se dirigea, seule et sans aide, vers la fatale planche; et, tout aussitôt, un coup sourd nous dit : tout est fini pour elle.

Nous tournions le dos à l'échafand, dont nous n'étions éloignés que d'un pas environ.

Cette première expiation accomplie, Roch se retourne violemment, les yeux injectés de sang, les lèvres violacées et la bouche écumante, pour saisir le deuxième condamné. Dans son trouble bien légitime, il me saisit par le cou et le bras; mais, grâce à mes mouvements, qui étaient libres, je pus accomplir un demi-tour et me débarrasser de ces funestes étreintes.

L'exécuteur, trompé par mon costume noir et mon cou entièrement dégagé, me prenait pour le condamné. . . . . .

. . . .

Et maintenant, qu'ajouterais-je?

J'ai eu la triste mission d'assister à la plupart de ces humaines hécatombes, sans que ma conviction, sur la nécessité malheureuse de la peine de mort, soit nullement ébranlée.

Dans les études silencieuses du cabinet, et loin des passions humaines, on résoudra toujours négativement cette terrible question; mais, si, comme j'en ai eu le courage chacun voyait de près le condamné qui va subir le supplice de la mort, il reviendrait bien vite de ses idées, pleines d'humanité sans doute, mais dont la réalisation augmenterait, dans des proportions effrayantes, le nombre des crimes, assez élevés, du moment actuel.

Le doute du dernier châtiment a fait accomplir les forfaits que j'ai vu expier d'une façon si tragique; que serait-ce donc, si la peine de mort était rayée de notre code?...

Sans enfreindre les saines maximes de la loi Guilloutet, nous pouvons bien, ce nous semble, après avoir fait connaître le fonctionnaire public, parler un peu de ce qu'il peut être dans sa vie privée.

Nicolas Roch est marié et père d'une nombreuse famille : quatre garçons et quatre filles, la douzaine serait plus que complète, si la mort n'était venue frapper à la porte de celui qui a pour mission légale de trop souvent la donner.

Quand il fut nommé à Paris, en remplacement d'un certain Emile, révoqué pour cause d'ivrognerie, Roch vint habiter la rue de la Folie-Regnault, dans une maison située non loin de celle qui servait de magasin aux bois de justice. Plus tard, quand il eut la charge de chef-exécuteur, il changea de demeure, sinon de quartier.

Il occupe aujourd'hui un appartement très confortable, au deuxième étage d'une maison de la rue Nouvelle, en bordure du square Popincourt.

En ne désignant pas autrement sa demeure, nous obéissons à un devoir de pure convenance, qui prend sa source dans le désir que nous avons de dérouter la curiosité indiscrète et malsaine, dont nous ne serons jamais les auxiliaires volontaires.

C'est là que Roch passe entièrement, et tout en famille, le temps que lui laisse de libre les horribles fonctions dont il est revêtu, et jamais, à le voir ainsi, bon, affable, prévenant pour les siens, vous ne voudriez croire que vous avez devant vous l'homme qui, une fois armé du glaive de la loi, se transforme soudainement, dont la physionomie se contracte, dont les yeux sont hagards, les lèvres violacées et la bouche écumante, et qui, lorsqu'il a frappé, vient vous trouver le sourire sur les lèvres, et vous dit naïvement :

— N'est-ce pas que *ça a été bientôt fait?* Une fois dans mes mains, ils ne souffrent pas longtemps!.....

Roch, chez lui, ne s'occupe de rien, mais de rien absolument. Mme Roch a la haute main sur ce qui concerne les mille détails du ménage, parfaitement secondée par la fille aînée du maître, une charmante personne de vingt-cinq ans environ, sur la physionomie de laquelle se trouve répandu un voile de tristesse qui semble ne devoir jamais l'abandonner. Elle a vu clair dans l'avenir, et le sombre tableau, où fatalement elle a sa place, est bien fait pour attrister cette belle créature. C'est elle qui prend soin des enfants en bas âge, la mère s'occupe des plus grands, et puis n'a-t-elle pas en outre, à tenir en règle la comptabilité de son mari ?

Des enfants de Roch, un seul a des dispositions à succéder à son père : c'est le troisième, un beau garçon de dix-neuf ans qui, pour l'instant, fait de l'horlogerie, mais qui accompagne l'exécuteur dans ses nocturnes et sanglantes sorties.

L'aîné, soldat dans l'arme d'élite du génie, jouira sous peu de son congé, mais il est peu présumable qu'il se retire dans sa famille; il restera sans doute à Arras, actuellement son lieu de garnison, et s'y fixera définitivement comme charpentier-mécanicien.

. . . .

Dixit sur ce triste sujet. Pour une fois, c'est bien suffisant.

Léopold LAURENS.

Paris. — Imprimerie Fillion et Cie, rue des Martyrs, 18 et 18 bis.

www.ingramcontent.com/pod-product-compliance
Lightning Source LLC
Chambersburg PA
CBHW070303220626
46818CB00018B/2397